KB189662

무중력에서 할 수 있는 일들

시와반시 기획시인선 016

무중력에서 할 수 있는 일들

성향숙 시집

 시와반시

| 차 례 |

| 1부 |

대상들

소

허연 침을 흘리며 계속 뭔가를 얘기한다
알아들을 것 같기도 하다
좀 더 선명해야 받아들일 텐데
자꾸 가슴이 답답하다
침 흘리는 입을 살짝 지나 눈을 바라본다
풍덩 빠질 것 같은 커다란 눈
가만히 들여다보는 그 순한 눈빛 속에 어느 새
내가 들어앉아 있다
그 속에 나를 가둬놓은 채 가만히 속눈썹을
닫아버릴 것 같은
어질어질 어지럽고 창자 속이 울렁거린다
몇 번이고 토악질을 하며 내 속에 들어온
숨 막히는 불명을 끄집어낸다
하나도 남김없이 꺼내 되새김질 하고 있다
숨기도 하고 멀리 도망도 가보지만
언제나 먼저 와 기다리고 있는
저 느리고 답답한 삶의 동작이여!

빈 깡통

가지고 있던 전부를 토해 놓은
제법 큰 몸뚱이 하나 덩그러니 놓여있다
어떤 영혼 하나 더듬이 내밀고 숨 쉴
자양분도 갖추지 못한 그 내부
더 드러내 보일 것도 없이
아가리 크게 벌리고 있다
텅 빈 속으로는 요란한 소리만
크게 진동시킨다
어느 새 보이지 않는 시커먼 먼지가
켜켜로 쌓여 검붉은 상처를 만든다
작은 충격에 쉽게 반응하고
외부 변화에도 쉽게 자리 이동을 한다
한 번의 착지, 편안한 안주 없이
텅텅텅 몇 번씩 구르면서
아파하는 저 빈 몸뚱이
모서리 모서리가 일그러져 간다
납작하게 찌그러져 간다

모기

소리는 생명이다

가벼운 소리가 날아다닌다
그 소리는 잘 보이지 않는다
좀체 찾을 수도 없다
그러나, 날기 위해 내는 가녀린 몸짓이
자기의 목숨을 담보로 한다
우주 안 어떤 재물로도 대신하지 못할
그 생명, 하루 분의 삶을 위해
자기의 전부를 던져 싸우는
본능적 몸부림
한 방울의 피도 布施 못하고
집요하게 쫓는 소견머리를 비웃듯
날갯짓이 빠르다
안절부절 안주하지 못하는
나약한 소리
소리 속에 빼곡 고여 있는 붉은 피

풍란

잘려진 소나무 등걸에 뿌리 내리며 사는
풍란이 있다
이미 자기 생이 끝나 버린 나무
희망이 없어진 기다림 안에
착생해서 살아야 하는 풍란이다
저 죽음 속엔 나누어 받을 무엇이 있을까
풍란은 뿌리를 성하게 내뻗는다
몸이 버석버석 말라가도록
혹은 몸이 썩어 문드러질 때까지도
그 속에 감춰진 양분 찾아
풍란은 뿌리내림을 멈추지 않는다
죽음을 옹골지게 파먹으며
쓸리는 바람 견뎌내는 풍란이
잘린 몸통에 악세사리처럼 달라붙어
죽어서도 아름다운,
죽음보다 더 큰 의미가 되도록
그 나무를 장식하고 있다

롤러코스트

긴장감 없는 생은 죽은 목숨이다

굵은 레일 위를 제트열차가 출발한다
자기의 온 힘을 끌어 모으기 위해
아주 서서히 움직이기 시작한다
오르막길에서 한두 번 멈칫멈칫
힘겹게 오르며
한 호흡을 조절하고
극도의 긴장으로 긴 몸을 바싹 움츠린다
추락을 하지 않기 위해
굵은 레일을 절대 이탈하지 않으면서
몸을 비비틀어 옆으로 구르기도 하고
한 바퀴 돌기도 하며
전속력으로 짜릿한 쾌락을 향해 질주한다
가속도가 붙은 열차는
오르가슴에 취해 괴성을 질러대기도 하고
시커먼 정액을 질금질금 흘린다

이 순간, 끝없이 이어질 듯 환상 특급이다
비로소 언덕을 정점으로 내리꽂히듯
팽팽한 탄성을 잃으며
가쁜 숨을 한꺼번에 몰아 내쉰다
흠뻑 땀 흘린 등허리를 쓸어내린다
그러나 굵은 두 줄의 긴장은
너무나도 짧다

수석

　강기슭에서 주워온 돌덩이 하나, 그럴듯한 이목
구비를 갖추고 웅크린 자세로 던져진 그 자리에서
흔들흔들 꿈을 꾸고 있다 물 씻김이 잘된 돌덩어리
속에 가득 살의를 감춘, 꿈의 둘레는 짐짓 평화롭다
　원시인의 손끝에서 불꽃을 사르던, 산꼭대기 절
벽에 매달려 달리는 차를 덮쳤을, 다윗의 주먹 안
에서 골리앗의 골통을 노리던 단단한, 길 한가운
데 빙산처럼 솟아 달리는 아이의 발목을 걸어 넘어
뜨린, 간음한 사마리아 여인의 뒤통수를 향해 날아
들기도 했던, 날카로운 적의의 이빨을 품고 심장을
향하던 수많은 돌덩이들
　짚과 불로 태워져 천만 년을 기다린, 누군가의 영
혼을 차지하기 위해 구르고 구르며 질긴 풍화의 시
간을 견딘 반질반질한 돌덩이, 단단하게 굳은 영혼
없는 육체가 지금 장식장 위에서 내 발등을 찍으려
고 가까이 다가오기를 기다리고 있는 건 아닐까?

리모트 컨트롤

날마다 나를 보낸다

전원이 커지면서
두개골의 내부는 오로지 너를 위해
작동을 개시한다
가장 빠른 속도로 달려가
깊은 포옹이나 살갗의 접촉 없어도
잠시 잠깐 스친 눈빛만으로
혈관 깊숙한 곳까지 뜨거운 피가 흐른다
둘만의 교착지점에서 삶을 일으킨다
사유의 공간을 만든다
단 한 번의 짧은 스침만으로도
너의 마음을 자유자재로 조종할 수 있다
언제나 너의 혈맥을 찾아
나를 누른다

완벽하게 너를 컨트롤하는 버튼 하나의 사랑

땅위로 드러난 뿌리

땅 위로 드러난 나무의 뿌리가 있다
드러낸 뿌리가 제법 굵어
가지가 휘어져 땅에 묻힌 게 아닐까 싶은
줄기 같은 뿌리
겉으로 드러내지 못한 비밀 한 토막 같은,
머리 다리 다 감추고 굽은 등만 내보인

땅 밑으로 힘차게 내밀어
끊임없이 수액을 끌어 올려 보내는 일
늘 같은 일 같은 생각……
그것이 참을 수 없는 일상이었을까

땅 위 하늘 한 쪽을 치켜보거나
햇볕 쪼이며 환한 꽃 매달고 싶은,
비바람 다 견디고
지나는 발길에 무수히 밟히어
시커먼 몸체 너덜거려도

한 번 쯤 일탈해 보고 싶은,
비밀 같은 속살 드러내 보이고 싶은
살아있는 뿌리

호박이 썩고 있다

호박이 썩고 있다

무너지고 있다

두꺼운 각질에 둘러싸여 좀처럼

속이 드러나 보이지 않는다

그러나 저 깊은 무의식 속엔

검푸른 슬픔의 포자가 자라나고 있다

부패하는 생을 붙들고

절절이 애끓는 욕망이 스스로 곪아 터진다

어찌지 못하는 자신을 부둥켜안은 정지

자기 내부를 온통 다 드러내 보이고 싶은

지독한 고열을 앓는다

썩어 무너지는 것만이 죽음은 아니다

희망과 용기를 잃었을 때

이미 영혼은 쿨럭쿨럭 기침을 시작한다

두꺼운 웃음을 한 겹 한 겹 벗겨낼 때마다

드러나는 검붉은 멍울

내 속에 들어와 나를 뒤흔드는 포자여
내가 무너지고 있다

열

몇 일째 아이의 체온은 상승이다
폭발할 듯 팽창하는 몸뚱어리
엷은 피부막으로 思考의 실핏줄들이
불긋불긋 그 선을 드러낸다
붉은 혈액들의 모반이다
비좁은 체구에 갇힌 생각들이
크고 넓은 세계를 향해 얼굴 들이밀고
더 빨리, 더 많이,
더 깊이, 더 자세히,
보고, 듣고, 느끼고, 껴안고 싶은 아우성이다
혈관을 늘여 몸을 확장하고
생각의 부화를 위해 붉게 충혈 된 눈 부릅뜨고
심장 속으로 계속 연료를 들이 붓는다
한 방울의 열 손실을 막기 위해 땀구멍 꼭 막고
끓는 심장, 벌개 진 몸 이리저리 뒹굴다가
얇은 사고의 껍질을 깨어 한 꺼풀 훌렁 벗어 던
진다

아이는 조금 커진, 눈부신 상상의 알 하나
덜렁 꺼내 놓는다

개미와 그리마

문지방 이쪽, 다리 수십 개 달린
그리마가 죽어 있다
개미들이 새까맣게 주위를 에워싸고
열심히 움직이고 있다

어둡고 음습한 세계를 휘젓고 다닌
마디마디 몸통,
속에 염습해져 있는 시체 주위로
개미떼가 바글바글 인산인해를 이룬다
개미들은 상여의 다리를 잡고
그들이 파놓은 묘지로 옮기려 하고
딸랑딸랑 요령을 흔들며 길을 열지만
상여는 좀체 움직이지 않는다
무슨 미련이 저리도 많은지
애도 행렬은 줄줄이 끝이 없다
더 많은 개미들이 달라붙어 힘을 써보지만
보이지 않는 영혼의 습기만을 옮기는지

다리 몇 개 들썩거릴 뿐
문지방을 절대 넘어서지 못한다
몇날 며칠 계속되는 장례의식 속에서
흔적 없는 영혼의 빈껍데기만
푸석푸석 말라간다

밤꽃

역마살이 있다고 했었지 그 집의,
넓은 앞마당 가 밤나무 한 그루 세워놓고
자주 그리고 오랫동안 집을 비우던
기둥이었던가
밤꽃이 무성하게 필 때마다 그 아래 장승처럼

그 집 귀신이 되라 했던가
정충처럼 스멀스멀 기어 다니던 밤나무벌레들을
일없이 짓이기며 보내던 젊은 나날들
발아래 잠자는,
흙으로부터 일어나는 시퍼런 욕정을
하얗게 머리에 이고 선 시간들
몇 달씩 집을 비우다 밤꽃 필 때쯤 돌아오는 그
집의,

문지방 하나 사이 다른 방으로 밀어내면서도
웬수같은 영감탱이 경 외듯 중얼중얼하면서도

그때쯤이면 어김없이 마당가를 서성이며
한 생이 후딱 지나가 버렸던가, 할머니
허옇게 바래있는 흑백사진 속
이상하게도 할아버지는 밤꽃 같은 냄새를
빛바랜 흑백사진처럼 아련하게

밤꽃 냄새 무성한 초여름
할머니, 밤꽃으로 하얗게 피어난다

풀어진 나사

라디오에서 떨어진
나사 하나가 굴러다닌다
사각형의 모양을 튼튼하게 지킨 작은 힘
언제부터인지 단단함을 놓아버린 채
풀어져 있다
낡은 세월 속에서
생을 놓쳐버리지 않으려는 안간힘의 굳은 의지가
그만큼 자기를 열어놓고 있다
꼭 맞춰진 나선형의 삶이 점점 헐거워져
손에 잔뜩 힘을 쥐고 졸린 자국 따라
나사를 조여본다
잘 맞춰지는 듯 하다가 어느 한 순간에
그냥 겉 돈다
몇 번 애쓰다가
떨어져 나뒹굴지 않도록
그 구멍에 살짝 끼워 넣는다
헐거워진 자기 자리에서

간신히 붙들고 있는 생
언제 떨어져 나뒹굴 지 모르는
내 삶은 조일 수도 없을 만큼
헐거워져 있다

자라지 않는 태아

신문기사를 읽는다
— 자궁 속에서 자라지 않는 태아 — 에 대한.

그 아이는
무균질의 둥근 우주가 아늑한,
부란의 시간을 연장하고 싶었을까
조용히 출렁이는 따뜻한 바다
그곳에 조가비 지붕을 꾸미고
출렁대는 바다의 4악장을 연주하며
온갖 소리와 냄새까지도
탯줄의 통로로 내통하고 느끼며
정착하고 싶었나보다
아가미 뻐끔뻐끔 희미한 박동만이
양수의 바다에서 느릿느릿 유영할 뿐
미움도 눈물도 사랑도 기억도 웃음도 질투도
그 어떤 것도
더 이상 자라지 않는다

오직 하나 바깥세상을 살펴볼 내시경,

그 탯줄은 놓지 않은 채

미세한 신경줄 팔딱거리며

내시경 속의 세상을 들여다보고 있다

벚나무

창가에 선 한 그루 벚나무
단단한 각질을 뚫고
이른 봄을 장식했던 수천 송이의 눈부신 열락

엽록소 푸른 이파리
스스로 탄소동화작용을 멈추고
미련 없이 떨쳐낸다
알몸이 그대로 노출된다
물기를 버리고도 유지되는 생의 척추
삶을 견디기 위해 바람에 신열을 의지한 채
부단히 몸을 흔든다
세상으로 열려진 창 모두 닫고
어둠을 오래오래 품어 익힌다
척추만으로 어둠의 세월을 견딘다
겨우 내내 안에 스민 슬픔을 건조시킨다
굳건하게 지탱하는 얼얼한 발끝으로
웅크린 저 나무

시커멓고 울퉁불퉁한 껍질 속으로는
물의 길들을 갖고 있다

건조하고 부서진 슬픔을 터뜨리면
수천송이 열락이 피어난다

볼록거울

헤드라이트 불빛, 한쪽 바퀴만
크게 확대된
자동차가 빠르게 지나가는 커브 길

마른 오징어를 찢어주며
오빠는 그녀를 숲으로 데려갔네
오줌을 누려는지 바지춤을 내리고
그것을 꺼내 느닷없이 입 속에 넣으려 하네
입은 변기로 통하는 길, 아까 먹은 마른 오징어 냄새가
목 줄기를 타고 자꾸만 넘어오네
갑자기 크게 확대되는 그것
어둔 밤 자동차 눈알처럼 불을 켜고 달려드는
성난 야생의 말처럼 억세게,
이리저리 도리질 치던 동작은 점점 기력을 잃고
커다란 바퀴가
빠르게 밟고 지나간 급커브 길

볼록거울 뒤쪽으로 아득히 사라진 듯······

어느 날 불현듯
발기된 커브 길 볼록거울에서
마른 오징어 냄새가 나네
오징어 다리처럼 말라비틀어진 기억
갑자기,
그녀의 뒤안길이 크게 크─게 확대되네

끈끈이주걱에 대한 관찰

수원역 건너 긴 골목
립스틱과 메니큐어 사이
밤낮 없이 붉은 진액 번들거리고
겨드랑이와 가랑이 사이의 진한 향기
해 뜰 때 활짝 핀 꽃 다 지기 전
누구든 오시라
빛이 흘러내리는 쓸쓸한 저녁,
이빨 안에 걸려든 것들에게
황금빛 음모의 작은 골목을 허락하리라

　　날아든 벌레를 녹여 양분을 흡수하는
　　흰 꽃의 끈끈이주걱,

골목 가장자리 가늘게 뻗은 끈끈한 선모
흘끔거리며 지나는 것들을 향해
은근히 눈길 주다가
골목은 순식간 괄약근을 조인다

창백한 얼굴 벌겋게 달아오르도록 길목을 옥죈다
굳건하게 밤을 움켜쥐고
불빛 양분 흡수하는 끈적한 입술들
완전히 빨아들이곤 희번덕이는 얼굴로
또다시 태연한 척
점액질 선모를 펼치는 어스름 습지

한번 길들여진 *끈끈한 골목의 유혹*

의자 몇 개 내놓고 활짝 핀 화분처럼
두리번거리거나 서성대는
그 골목의 가랑이 활짝 벌린 여자들

삐삐주전자

휘파람으로 그녀를 불러낸 오빠
입술 오므리고 주전자 속으로 들어간다
그녀도 따라 들어간다
상수리나무 아래 한가롭게 키를 조율하는 풀들
푸른 융단 오솔길
붉은 안장 뒤에 허리 감아쥔 체온을 느끼며
나지막이 휘파람 분다
나무들이 울창하게 밀려나는 배경
차르르 차르르 페달 밟는 소리 경쾌하다
산 그림자 진한 산정호수
바람은 수면을 건드려 소리 없는 현을 뜯고
사금파리 언덕 길,
4분의 4박자의 휘파람 속에 훅훅
가쁜 숨이 쉼표처럼 마디마디 가른다
챙 넓은 상수리 그늘 아래
넌 내게 갇힌 새야
그녀가 짙푸른 숲의 조롱에 갇혀 버둥거린다

나가고 싶어

뚜껑 닫힌 주전자 속, 수풀들이 아무렇게나 끓고

삐삐삐삐, 앙칼진 비명이

무관심한 숲의 정적에 칼금을 긋는다

제멋대로 비틀린 풀을 엄지와 집게로 쭉쭉 펴는

그녀를 안아 일으켜 세운 오빠는

입술 오므려 퍼렇게 우러난 뜨거운 숲을

홀짝홀짝 마신다

드로잉
−박수근 "풍경"−

겨울 가뭄이 심하다
더 이상 떨어뜨릴 잎사귀도 없이
하늘로 뻗친 나뭇가지들
검은 목탄이 지나간 자국마다
나무에 배지 않은 가루들이 바람에 풀풀 날리고
흐릿한 선이 그어진 풍경마다 뿌연
서민의 색감이 드러난다
누굴 위해 저토록 건조한 밑그림을
준비해 놓은 걸까
입체감도 없이
멀고 가까운 거리감도 없이
목탄 잡은 손이 스멀스멀 바람처럼 흘리고 간,
단순하고 간결한,
지독하게 건조한 裸木들의 크로키
누군가
색색의 꽃을 새겨 넣고 푸른 잎 그려 넣을
한 장의 겨울 풍경화

가장 어울리는 색깔을 덧칠 할,
화려한 봄을 위해 예비해 놓은
밑그림 한 장

방음벽

마음을 열라는
開心寺 가는 길목 어디쯤,
마음을 연다는 것은 귀를 여는 것일까
세상의 모든 소리,
신음소리 비명소리까지도
스펀지 물 흡수하듯
그대로 받아들이기만 하는 큰 귀
날카로운 화살로 되쏘지 않고
마음속에서 순하게 소화시키는 그런
부처를 만나기 위해 개심사 들어서네
발바닥까지 현란한 황금색 불상
조용한 소리만 선별해 듣네

온갖 시끄러운 소음이
겹 주름 껍데기 속에 가득,
소리를 소화시킨 하얀 배설물
자동차 소리는 물론, 천진한 아이들 웃음소리,

맑은 새소리, 물소리, 미세한 바람소리까지
뭉텅뭉텅 베어 물고 소리를 질식시키는,
혹, 살아있는 것들의 언어, 삶의 모든 소리를
제 속에 빠짐없이 가두고
개심사 불상처럼 너무도 조용한,
더 이상 움직임조차 감지되지 않는 세상을 꿈꾸며
보무도 당당하게 서 있는 건 아닐까

자페아

눈동자가 늘 한쪽 위로 쏠려있다
다른 시각으로 보이는 사물들
아이는 색깔, 형태 그 너머의 것들을
늘 주시하고 있다
다른 것을 보도록 특화된,
수억의 뇌 세포와 기억장치가
전혀 다른 화면을 만들어 낸다
뇌 안에 저장된 프로그램은 쉽게 작동되지 않는다
지치지 않고 같은 말 같은 행동 반복하는,
단단한 자기껍질 속에 갇힌 자아
사람들은 그것을 자폐증후군이라 명명한다

눈, 외계로 향하는 창
수많은 창 모두 닫아 내리고
한곳만 응시하는 매직 아이
아무나 풀지 못하는 우주의 퍼즐을 해독하기 위해
기억된 프로그램이 작동되고

머릿속에서는 우주의 비밀들이 복잡한
신호음을 보내온다

우리의 눈으로는 영원히 그 우주의 비밀을
들여다보지 못한다

| 2부 |

생성들

무기력에 대하여

욕실 수챗구멍엔 미처 빠져나가지 못한
머리카락이 뭉쳐있다
많은 무리 속에서 나약한 소외감으로
떨어져 버린,
뿌리 잃은 생으로 한 가닥씩
나뒹굴던 머리카락들
더 이상 꿈을 공급받지 못할
이미 버림받은 것들은
미세한 바람에도 풀썩거리고
아주 작은 물 흐름에도
소용돌이로 휘말리며
여기저기서 짓밟히고 뒤채이다
그곳으로 하나하나 모여들기 시작한다
더러는 좁은 구멍 속으로 빠져나가
전혀 다른 무리들과 섞이기도 하고
움직이는 것들에 잠시 붙어 발걸음하기도 하며
구석의 먼지라도 껴안고 뒹굴면서

안간힘 써 보기도 하는,
그들이 비로소 힘을 내기 시작하는가
구멍을 꼭 틀어막고
거센 소용돌이를 정지시키는
강력한 힘을 발휘한다

단단한 허공

허공에도 콘크리트처럼 단단한
벽이 있어
나무의 잔가지들이,
들판의 새싹들이, 목련꽃의 처음이
쇠못처럼
끝을 오므려 모으고 허공에 박힌다
땅땅, 뿌리로부터
다정한 망치의 둔중한 힘을 느끼며
아주 조금씩 허공에 길을 내고 있는 것이다
촉수 끝으로 몰리는 근육들은
밑동으로 내려 보내고
가다가 막히면 몸을 슬쩍 구부려
방향을 바꾸기도 한다
톱날에 잘린 밑동만 남은 몸통은 주저앉아
진땀을 흘리기도 하고
바작바작 속을 태우기도 한다
단단함을 뚫기 위해

최대한 뾰족하게 끝을 모아야
비로소 허공의 일부를 당당히 차지한다

촉수 끝을 허공, 그 단단한 벽에
끊임없이 갖다 대는 나무들, 꽃들, 새싹들
균열을 내며
허공을 두드리는 요란한 망치 소리

인화

피부색이 시커먼 어린 소녀가

몸통보다 큰 머리를 땅에 박은 채

마른 풀 몇 포기 움켜쥐고 있다

그가 응시하는 빛

감응한 인화지가 서서히 흑과 백을 드러낸다

암실에서 버둥대던 감광지가

노출된 빛에 탈색되면서

점점 부각되는 인화지 속의 이미지

드러난 갈비뼈는 영혼을 달고 언제 날게 될지

웅크린 다리가 어느 때 탄력을 얻어 궤도를 이탈
할지

갈퀴 같은 손이 대지를 꼭 붙잡고 있다

뼈대만으로 인화된 아이가

검거나 하얗게 현상된 채

넓은 들판에 혼자 나뒹군다

빛을 흠뻑 빨아들인 필름을 들고

암실에 들어간다
독수리가 발톱을 세우고
언제 부리로 쪼아댈지 노려보고 있다
흑과 백의 두꺼운 인화지를

나무의 근성

책장을 넘기다 손가락을 베었다
애써 감춘 예리한 칼날과
종이라는 연약한 이름 뒤에 숨어있는
나무의 꼿꼿한 힘
쉽게 휘지 않고 쉽게 꺾이지 않고
긴 세월 버텨 낸 힘이 나무의 근성이고 나무의
무기다
힘센 야성의 도끼에 장작개비로 부서지면서도
끝내 드러내는 뾰족뾰족한 이빨
울퉁불퉁한 근육의 팔뚝에 피를 낸다
땅속 깊이 뿌리를 내리며 단단한 힘을 불끈불끈
축적한
둥근 나이테 속에 숨겨 논 발톱
전기 톱날이 굉음을 들이대며 밑동을 잘라내도
오직 버티는 힘으로 톱날의 소리를 높이기도 한다
그러나 종이가 되기 위해 자디잘게 부서지며
다시 열탕에서 짓뭉개지고

압축기의 압력에 어쩔 수 없이 굴복해도
종이는 나무의 버팅기는 힘을 잃지 않는다
그 힘으로 책꽂이에 꽂히고 그 힘으로 저희끼리
숲을 만들고
떨어져 발등에 시퍼런 멍을 만들기도 한다
수없이 책장을 넘기는 사이
수만 권 책, 무수한 글자 속 어딘가에 숨어있는
예리한 문장들은
누구의 마음을 또 얼마나 날카롭게 벨까?
악착같이 글자들을 붙잡고 버티는
책꽂이의 나무들

설사

집 앞 정류장부터 뛰어와
현관문이 채 닫히기도 전 타고 앉은 변기,
짧은 시 한편을 다 읽기도 전에 볼일은 끝난다

나의 내면은 단 한 번도 고요한 적이 없었다
카페 창문에 끊임없이 와글거리는 눈발, 떨어지
는 흰밥 받아먹듯
그의 눈빛과 말들을 마구 집어삼켰다
목구멍을 넘긴 어느 것 하나 완성된 문장을 만들
지 못하고 그대로 쏟아져 내렸다
사랑해! 사랑해!
더듬더듬 뱉어낸 신파에 사랑은 끓는 물 속 얼음
처럼 녹아버렸다
안방 거울과 카페 사이를 왔다 갔다 하던 망설임
은 화려한 똥지를 한껏 내밀다 끝내 사라지고
긴 기다림 끝 만남은 겨울 햇빛처럼 지독하게 짧
았다

나는 늘 빈혈을 앓으며 가는 곳마다 너무 야윈
풍경들을 쏟아 놓았다
　내 속에 오래도록 머물지 못하는 것들,
　가장 오래두고 삭혀야 할 죽음마저도 이미 오래
전 젊은 어머니에게 상속하고
　난 너무 일찍 쇠락의 길을 걸었다
　구절양장, 구불거리는 길도 없는지 부글거리다
금방 빠져 나오는 묽은 생각들,
　물 내리는 소리 속으로 방금 읽은 짧은 시마저도
줄줄 흘러내린다

아버지는 수리 중

아버지는 집안의 고장 난 물건을 손수 고친다
확고하게 집을 지켜주던
잠금 장치의 나사를 하나하나 풀고
덮개를 떼어내며 내부를 다 드러낸 아버지
마음 놓고 드나들던 골목길
빤질빤질 닳고 닳아 뭉툭해진 그 길
예리한 칼날이 목구멍을 따고 들 때마다
넓어지는 허한 속
아버지는 헐은 목구멍에 대고 나사를 조인다
조일 때마다 부속품들은 조금 더 마모되고
졸린 나사 하나 빠져
어느 땐 저절로 열렸다 잠긴다
열쇠가 수도 없이 쑤셔대던 심장 속을
요리조리 살피며
잃어버린 시간의 위치를 확인하고
부품을 교체하기도 한다
아아, 목소리 테스트하듯

마음을 열었다 닫았다 스스로를 몇 번 돌아본다
마모된 시간 위에 땜질을 해보지만
조이고 조여도 헛돌아간다
어느새 떨어져 이리저리 나뒹군다
고치면 고칠수록, 부품을 갈면 갈수록
아버지는 더욱 헐거워진다
이제 현관문은 활짝 열어젖혀져 있다
아무나 들락거려도 무방비 상태라는 듯

진화 중

이 둥근 구조물 밖으로 빠져 나오기 전
난 어머니 자궁 속에서 35억 년쯤 살았을거네
최초의 아메바, 어디로든 무한히 뻗어나갈 수
있는 가능성이었네
온 몸으로 움직이는 수 없는 헛발질
세포 분열을 서둘러 끝내고 어디든 정착하고 싶네
하지만 양수 속에서 눈도 뜨지 못하고
어둠만 손으로 더듬고 있네
세찬 파도에 여기저기 깨지고 부서지네
깨지고 부서질 때마다 허물이 한 겹씩 벗겨지네
벗겨질수록 조금씩 아주 느리게 커져 가는
내 이마
지하 어둠 속을, 깊은 바다 속을, 달빛 속을, 천
왕성, 명왕성…… 어딘지 모를 행성을,
넓고 넓은 우주공간을 마음대로 유영하고 싶네
한 꺼풀씩 벗겨져 나가는
수미산을 꽉 채운 나의 뼈마디

내 속의 내 속의 내 속의 내가 수없이 허물 벗은
껍데기, 자궁 속을 가득 채우네

우주 배꼽에 매달린 탯줄 움켜잡고
난 아직도 진화 중

폭설

마음 완전히 돌아설 때까지
휘몰아쳤던 욕雪들!
나쁜 놈…… 박쥐같은 놈…… 미친 놈…… 문둥
이 같은 놈. 놈, 놈,

눈이 펑펑 내린다 하염없이 쏟아진다

쓸개빠진놈골빈놈남의탓만하는놈거짓말쟁이사
기꾼고자질쟁이허풍선이협잡꾼미친놈거꾸러질놈
육시럴놈우라질놈비러먹을놈뒤로자빠져도코가깨
질놈벼락맞을놈상종못할놈바람둥이얼빠진놈고집
쟁이바보멍청이개새끼쥐새끼망나니머저리……
욕이 쌓인다 문장의 두께만큼 무장무장 쌓인다

시간의 두께에 가려진 기억처럼 욕설은 멈추고

삽과 빗자루를 들고 마당으로 나간다

경계를 없애고 온갖 허물을 묵시록처럼 덮고 있
는 눈
길을 퍼낼 때마다
쌓인 욕설들이 뭉텅뭉텅 들고 일어난다
다니던 골목마다 수북이 쌓인 침묵들을 들춰낸다
퍼렇게 날선 칼날이 되어
득득 가슴속까지 긁어댄다
다시는 그리워하지 않으리
단단한 길이 드러날 때마다 되뇌던 말들
목구멍이 간지럽다
언젠가 녹아 마르지 않을 물줄기가 될,

질척거리며 길은 굳어 가는데……

구석구석 마음속 그늘마다
아직 녹지 않은 욕雪의 뭉치들
거짓말쟁이쓸개빠진놈사기꾼남의탓만하는놈고

자질쟁이 허풍쟁이 바람둥이 협잡꾼 고집불통 바보 멍청이 개새끼 쥐새끼 망나니 머저리……

돌 속의 불

　그는 동네 큰 일 결에는 어김없이 나타나 이 일
저 일 참견하고 잔심부름을 하기도 한다. 누군가
부르는 소리에 별다른 표정 없이 달려가기도 하고
차면 차이는 대로 밀면 밀리는 대로, 남루한 옷차
림과 쿰쿰한 냄새로 두꺼운 방어벽의 띠를 두르고
다니는 사내,

　어느 때부터인지 그녀 주위에 얼씬거리며 일을
거들고 집과 묘지 사이의 길을 스스로 동행하기도
한다. 그도 아랫도리 속곳을 적시며 이불 속이 출
렁거리는 아침을 맞이하거나 뜨거워지는 몸뚱이
뒤척이며 온 밤을 지새우기도 할까. 깊은 물속의
돌도 불씨를 가지고 있듯 무채색의 차갑고 단단한
저 가슴속에도 이글이글 타오를 불씨가 숨어 있는
것이다

　그는 한 덩어리 유황의 머릿돌이 되어 한 평생
그녀 뒤를 따라다닌다

블루마블 게임

아이들과 둘러앉아 게임판을 펼친다

각자의 생을 이끌어줄 말을 정하고 똑같은 액수
의 자본금이 주어진다

누가 먼저 출발할 것인지 가위바위보로 정해지고

게임이 시작된다

한 판 게임 속에 억만장자의 꿈이 들어있다

우선 출발선부터 길은 두 갈래다

아이들은 이미 몇 번 가본 듯 모두 같은 길로,

난 로버트 프로스트의 '걸어보지 못한 길'을 생
각하며

사람이 덜 밟은 길을 택한다

던져지는 주사위의 숫자에 따라 펼쳐지는 꿈

회사 경영주가 되고 커다란 부동산도 취득한다

잘못 선택함으로써 파산을 경험하는 쓰라림도
있지만

아이들은 조금도 두려워하지 않는다

달리는 말들이 광기를 부린다

은행돈을 빌려 부동산을 사들이고 주식을 있는
대로

긁어모으고 쉽게 호텔도 짓는다

호텔과 부동산 임대료 그리고 주식의 배당금 등
으로

어느새

재산은 기하급수적으로 불어난다

룰렛을 돌려 복권이 당첨될 일확천금의 생

아이들은 쉽게 가는 길을

나는 왜 이리 망설이며 가는 걸까

X레이

감청 빛 셀룰로이드 필름을 형광불빛에 비춘다
하얗게 드러나는 굳은 뼈
몇 군데 동그라미를 그리며 의사는
이 부분과 이 부분이 뼈의 변형된 부분입니다
많이 아팠을 텐데요
너라는 강력한 세균이 침입해
내 자존심의 골격을 바꾸느라 그만큼
통증이 수반되었던 것
너를 사랑하면서
고속의 눈빛이 소통의 벽에 부딪힐 때마다
발생하는 짧은 파장
그건 사라진 사랑의 전자파, 녹아버린 짧은 광기
였다
그러나 나를 하얗게 드러낸 현상이었다
너를 얼마나 더 받아들여야 하는지,
아직도 더 껴안아야 하는지
너를 온전히 수용하기 위해

내 뼈대는 끝없이 휘고 뭉그러진다
너 닮은 둥그렇게 휜 뼈대를 상상하며
창백해진 하얀 뼈가 겅중겅중
시간의 다리를 건너뛴다
처방전대로 약을 잘 복용하고
아픈 부위에 자주, 약을 갈아 붙이세요
그러나 이미 변형된 부분은 치료가 불가능합니다

형광등 불빛에 내가 아슬아슬 걸려있다
뼈대에 붙은 살들이 시커멓다

두꺼운 책

뱉어낼 말들이 겹겹 축적되어 내 몸은 뚱뚱하다
그 지루한 세월의 나를
아무도 들여다보지 않는다

희망 없는 기다림 속에서
어쩌다 흐린 불빛 아래 서성이는 여자들, 나를
선택한 그의 취미는
손가락에 침을 바르며 지루하게 나를 넘기는 것
가느다란 떨림이 딱딱한 각질의 외투를 넘긴다
속옷을 한 꺼풀씩 벗길 때
두 다리의 얇은 경련
난 이따금씩 다리를 들어주고 몸을 뒤집는다

내 속의 천 가지 만 가지 뻗어난 생각들
어떻게 알겠는가?
머리에서 발끝까지 꼼꼼히 응시한다
손만 떼면 황망히 오므리는 다리, 미간을 찌푸리

며 완강하게
　　나를 온전히 읽어내기란 너무도 벅찬 체위
　　배 위에 올려놓고 코를 골다 밀어내기도 한다

　　다 알기도 전에 지루해지는
　　그래서 다른 여자를 찾아 떠나는 그의 속성
　　제법 오랫동안 다정한 눈빛을 보내고 같이 호흡
을 맞추다
　　각오한 듯 단호하게 뒤표지를 닫는다
　　이제 다른 것들의 궁둥이에 짓눌려
　　촉각을 완전히 닫아 버린
　　나는 점점 구석으로 밀려난다

무중력에서 할 수 있는 일들

집안은 텅 빈 진공이야
고독이 밥상위로 올라오고
젓가락으로 헤집어 고독 한 알씩 입속에 넣는다
양 팔 벌려 이리저리 휘젓고 다녀도
바람조차 느껴지지 않는
큰 소리는 안 들리고 작은 소리는 귓구멍을 뚫는다
기둥에 머리 박거나 식탁에 무릎 부딪힐 일도 없는
두 발과 머리는 밤낮 구별 없이 같은 높이에서
버둥거리고,

불을 끄자 집이 우주선처럼 둥둥 떠 다녀요 비행
은 충분히 고독한 여행이죠 시커먼 어둠 속을 통과
한다는 것은 밤의 성감대를 건드리는 겁니다 건드
릴 때마다 별이 반짝거리죠 우주를 여행한 그녀는
몇 번의 오르가즘을 느꼈을까요?

어둠일 때 종종 몸에 칼금이 그어지길 원합니다

상처의 틈으로 빛이 몸속에 스며들기를 바라는 거
죠 어둠이 검다는 고정관념은 버릴 겁니다 어둠이
라고 느낄 때 난 머릿속이 하얘지거든요 끊임없이
교접하는 하얀 명사를 고봉으로 퍼 놓고 혼자 향을
피우죠 상상인지 슬그머니 몸을 다녀가는 혼을 느
껴요 명사 한마디로 규정할 수 있다면 모든 이미지
는 쉽게 손아귀에 잡힐까요?

　수면 양말을 신고 잤더니 쥐를 밟아 죽이는 꿈을
꿨어요 죽은 쥐 썩는 지독한 냄새, 꿈도 냄새를 맡
는가 봐요 그 냄새 때문에 잠에서 깨어났죠 아무도
내 잠을 깨울 사람 없는 허공, 허공 속엔 고요가 별
처럼 반짝거리죠 내가 태어난 별이 나를 기억하지
못한다 해도 바람을 잔뜩 입에 문 검은 비닐봉지처
럼 붕붕붕,

개기월식

지구가 달을 한입에 삼키자
태양이 하늘의 엉덩이에 문신을 새기고 있다
동그란 링의
가장자리가 지글지글 타오르고
지구에 갇힌 달의 내부가 텅 빈다
블랙홀처럼 깊다

어둠 뒤에서 그가 그녀의 옷을 벗긴다
어디선가 살타는 냄새가 난다

소유, 표시, 링, 교환, 반지, 마조히즘

텅 비어있는 몸속에 빛을 훔쳐넣는다
점점 불룩해지는
그녀의 동그랗게 부푼 육체에서
빛이 히끗히끗 새어나온다

그에게 소속된 그녀는 한동안 빠져나오지 못하고
살타는 냄새가 짙다

입가에 묻은 빛을 쓱 닦아내며
그가 앙 다문 입을 서서히 벌리며 웃는다
그녀가 미끄러지듯 빠져나온다
침을 흠뻑 묻힌 듯 빛이 반들반들하다

다우징

낡은 장롱 문을 열고
엄마의 붉은 벨벳 치마를 꺼내 입는다
거울 앞에 쭈그리고 앉아 머리칼을 쥐어뜯어 헝
크린다
창가의 말라가는 제라늄 마른 흙을 쿡쿡 쑤시다가
물 한 종지 부어준다
책 속의 글자마다 이응의 동그라미들을
남김없이 붉은 수성펜으로 메운다
다음 페이지를 물들인 빨간 동그라미들이
글자를 매달고 동동 떠다닌다
덩달아 빨개진 눈동자가 거울 속에서 질끈 눈을
감았다 뜬다
열린 현관문 틈으로 붉은 것들을 몰아낸다
글자를 물고
비눗방울처럼 공중으로 떠올라 태양 속으로 빨
려든다
몰려든 바람이 헝클어진 머리칼을 아무렇게나

뒤적거린다
　방문을 딸깍 잠그고
　방금 전의 나를 아무렇지 않게 눌러 죽인다
　화장실을 들락거리며 변기에 앉았다가 일어났다
가 앉았다가,
　몸속 혈관을 한 바퀴 휘돌아 나온 차디찬 바람의
피가
　변기 물에 붉은 잉크처럼 퍼진다

밖에 갇히다

아이가 안전장치를 걸고 잠들었다
끊임없이 눌러대는 초인종, 전화벨, 인터폰조차
그 잠을 깨우지 못한다
뻑뻑한 구멍 속에 열쇠를 넣고 돌려보지만
묵직한 문은 꿈쩍도 하지 않고
나는 그만 뻥 뚫린 어둔 바깥에 갇힌다
문득 좁은 구멍을 빠져나온 어둠 속,
입구가 막힌 환한 빛에 노출된 생쥐 같이
어깨는 움츠러들고
당황한 눈알 두리번거리며 틈새를 살핀다
옴짝달싹 할 수 없는
좁은 바깥을 탈출하기 위해
안절부절 안으로 나갈 구멍을 찾는다
집집마다 졸던 불빛들 하나둘 꺼지고
눈알 빠진 해골처럼 시커먼 창문들
계단에 쪼그려 앉아 듣는 다급한 사이렌소리는
눌린 심장을 질식시킨다

구애하는 밤 고양이 날카로운 울음이
칼날처럼 확대되고
이따금 검은 옷의 사내들이 지나가며 흘끔거린다
다시 아늑한 불빛 속으로
호시탐탐 틈을 엿보며 발뒤꿈치 들어보지만
유리겔라처럼 잠금쇠가 부러지는 초능력을 꿈꾸며
안간힘 속에서 버둥댈 뿐
나는 한 발짝도 밖을 탈출하지 못한다

구글 베이비*

아기가 엄마들을 향해 손을 내민다

페이지와 페이지 곳곳에 엄마들이 쟁여있다
이미지는 순간순간 정지되고 선택은 언제나 신
중하다

어둠과 어둠이 만나는 짜릿한 쾌락이
대명천지 아래 잠깐잠깐,

오른쪽 검지손가락 끝에서 발기한 성욕과
쾌락은 기억 너머에 있고
쾌락의 그림자들이 원형의 쟁반 위에서 오글거
린다

엄마와 엄마사이에 대기 중인 수십 명의 엄마c들
헤이 찡그린 엄마c! 우유를 뱉으면 안됩니다
아기를 위해선 엽산만큼은 꼭 복용해야 합니다

똑같은 아침과 똑같은 간식과 똑같은 밤이 수동
적으로 자궁에 이식되는

노란 얼굴의 엄마는 흰 눈 같은 아기를 만든다
검은 엄마 뱃속에 빨간 아기 있다

가글거글바글버글보글부글오글우글와글워글고글,
구글 검색창 속에 십의 백승의 아기들이 있고
모든 아기는 눈물로 찾으려는 미아다

* 구글 베이비- 정자와 난자를 사고 대리모를 구해 맞춤아기를
얻는 세태를 비판적으로 돌아본 내용의 다큐멘터리.

움직이는 기호

　디지털 시계가 깜빡인다 깜빡이는 시간에 덩달
아 바쁜 외출, 립스틱이 깜빡거리고 가스렌지 코크
가 깜빡거리고 창문 고리가 깜빡거린다 끓는 주전
자의 삐삐 소리가 깜빡이는 나를 잠시 일깨우지만
깜빡거리는 디지털 시간이 열쇠를 꿀꺽 삼킨다 지
갑을 삼키고 각종 증명서를 삼킨다 입술을 지우고
부분부분 얼굴을 지운다 나를 지운다

　나는 자꾸 나를 되새김질한다
　주민등록주민등록주, 민, 등, 록, 증, 여권여권여,
권, 열쇠열쇠열, 쇠, 지갑지갑지, 갑, 가스가스가, 스,
불……

　가방의 지퍼를 열면 급한 발자국을 쫓아다닌 비
행시간만이 빈 가방 속에 도사린 채 나를 응시한다
　말이 샌다 자꾸 헛나온다 새는 말이 지갑에 붙는
다 없는 증명서에 책상 서랍의 여권에 창백한 마른

입술에 자꾸 달라붙는다 나는 허공에서 뚝뚝 끊어
진다

　나는 나를 집안에 꺼내놓고
　하루 종일 빈 몸뚱어리만 허공을 밟고 돌아다닌다

호접몽

도서관 한쪽 구석에서
가볍게 코고는 소리가 활자 속으로 끼어 든다
밤늦은 시계 안팎을 절룩거리는 고요 속에
자장가처럼 몰려오는 졸음

넘기는 책장들이 나비의 날갯짓 같다
여기저기 팔랑팔랑 날갯짓 소리
그늘 우거진 숲 속,
똑똑 상수리나무 열매 떨어지는 소리
나긋나긋 풀벌레 울음소리
먼데서 일벌 떼들 잉잉거리는 부산함 속의 고요

사방 에워싼 졸음에 이끌리는 침묵의 세계

이따금 머리를 쳐들고 실눈 뜬 남자의 선잠 속에
얼핏 스친 오래된 침묵
이곳 오기 전의 세계에서 그를 본 적 있는 것 같다

살짝 옷자락 스친 바람으로

　우뚝 상수리나무 숨을 내쉬었고 푸른 잎에 뒤덮
였다가

　단풍 같은 꿈 길가에 떨어뜨리다가 헐벗은 가지
만으로 견디다가

　흩어진 꿈들이 조각이불처럼 짜깁기되는 사이

　활자 속으로 은근히 끼어 든 남자

　흐린 동공 속으로 들어와

　숨 고르거나 졸고 있는 가냘픈 바람

　봄날 정오의 햇살처럼

　환한 도서관 안에 빼곡하게 들어찬 꿈

꽃아, 문 열어라

몇 개의 산맥을 넘고 넘어야
흰 꽃이 피 빛이 되나
은하수를 몇 번 건너야
할머니 앉았다간 자리에 아기가 방긋 웃나
얼마나 기다려야
증조할머니의 흰 젖을 물고
엄마가 마늘 씹는 웅녀 되나
웅녀가 두 눈 반짝이는 곰이 되나
얼마나 울어야

향기의 족적을 따라
오래오래 골똘하다보면
녹차나무에 붉은 동백꽃 핀다는데

작설차에 동백향 풍겼다

아기 동백 잎 이미 굳은 발바닥이다

동백나무 숲에 밤이 오면
찬별이 발바닥 밑에 쏟아지고
늙은 엄마 등 구부려 별빛 쓸어 모은다
나무 가지 사이 동박새 품고 있다

쪽진 머리 오래된 여자들의 발바닥
가지 끝마다 피 빛 꽃 힘껏 밀어 올린다
혹독한 추위를 견디는

꼬부라진 툰드라

찬바람 휘감고 태양은 거실 깊숙이까지 굴러든다
낯선 툰드라의 침입은 부드러워
사라지지 않는 기억처럼
식은 태양은 밤이 되어도 지평선에 머문다

바람의 분방을 거세하는 창문과
살살한 정주민적 몸짓의 허용, 솜다리 꽃 옆 긴
의자는
여행이 제공한 몇 일치 경험

금방 닥칠 겨울의 시선으로 움츠린 무덤을 견디고
침묵의 두꺼운 옷을 껴입는 일
굳게 닫힌 유리창 밤낮 없이 덜컹거려
환한 밤 지새우다 미쳐버리는 일
별을 보며 없던 길 낯설게 이동하는 일

휘몰아치는 벌판의 바람과

두리번거리다 풀숲에 숨는 들쥐의 까만 눈,
얼굴 붉은 사람들의 미소, 마른 풀 흔들리는
어느 계절이 꿈꾸는 이마에
태양의 녹슨 입김을 자꾸 불어넣는다
툰드라 지형을 닮아가는 발목
땅 위 솟구친 서릿발이 발아래 부서진다

나무 잎사귀마저 발길을 돌린
단조로운 지평선에 구름의 뼈대가 오래도록 날
카롭다

꼬부라진 허무를 부여잡고 빈 벌판 헤맬 때
짧은 명령 같은 툰드라의 친절
무릎 껴안은 내 몸 저절로 훈훈해진다

봄비의 경제학

푸른 새들 날아간다
대담한 공기의 발걸음 성큼 순하고
우산처럼 낮아진 하늘 아늑하다
무단횡단만큼 단축되는 서정적 거리

가죽잠바와 복숭아 엉덩이의 팔짱
멀어진 골목 노란 우산아래
저들 언어는
떨림으로, 속살거림으로, 부드러움으로 눕는다
시간 개념은 사라진다

몽상하는 나무들
화들짝 푸른 손 내밀어 유혹하는

빗금 얼룩의 슬픈 창문들
백만 시간 만에 녹슨 환호성 열린다
차갑고 우울한 달력의 소식들
애인의 팔짱만큼 가깝다

| 3부 |

원근들

안락사

고통을 덜어줘야 한다는 의견 분분했다

지친 호흡기에 의지해 목숨을 부지하는
늙고 주름진 아기에게
살아생전 가장 편안한 잠이 되리

잘 자라 아가야,
잘 자라 공기야,
잘 자라 쥐야, 고양이야, 바퀴벌레야,
별들아, 바람아, 꿈들아, 꽃들아, 나무야,
잘 자라 예쁜 인형아, 빨간 잠바야,
내일을 향해 가지런히 놓인 흰 운동화야,
잘 자라 세상의 온갖 소리들아,
어둠의 희망들아, 빛의 놀라움들아

할머니의 방

　구십 세를 넘기신 할머니 몸에서 보이는 이상한 변화. 하얗게 센 머리칼 뿌리에서 언제부터인지 새까만 흙이 묻어 나온다 까만 흙의 양분을 흡수한 몸통이나 얼굴 엔 검은 꽃이 활짝 피어난다. 허물 벗는 애벌레나 뽕잎을 양껏 섭취한 누에가 몇 번의 잠을 거치면서 내뿜는, 할머니의 냄새는 육체의 수많은 구멍을 통해 땀처럼 배출된다. 구십 년의 세월을 통과하는 동안 삶을 한껏 껴안은 육체의 방안에서는 이미 죽음과 화해하면서 몇 번의 탈바꿈을 시도하고 있었던 것이다 긴 시간 흡수된 세상의 온갖 것들이 한덩이 고약처럼 내부를 곪기고 걸쭉한 체액을 만들며 잠자는 장기와 감각기관들을 일깨워 새록새록 검은 살을 돋게 한다

　밤이 빛이 되고 낮이 어둠이 되는 새로운 생명의 부화를 꿈꾸는 따뜻한 타원형, 그 안에서 쪼글쪼글한 번데기가 되었다가 단단한 세월의 고치를 뚫고 훨훨 날게 될 날을 기다리는 할머니의 방, 너무 아늑하다

수면의 경계

황금빛 햇살 튕겨내는 수면 위
한 사내가 하늘 향한 채 움직임 없이 떠 있다
물밑에서 쉼 없이 발 동작하는 청둥오리처럼
유유히,

어푸어푸 손사래 치다가
팅팅 불은 몸이
새로운 부력을 만들고
죽은 물고기처럼
허연 배를 뒤집으며 서서히 떠올랐을 것이다

뎅강 생이 잘린 한 토막 통나무처럼
저렇게 완벽하게 떠 있는
안과 밖,
그 경계에서 무겁게 가라앉아 있다가
두둥실 떠오를 때
누구보다 큰 희열을 느꼈을 것이다

눈, 코, 입, 귀, 유연한 팔다리,
몸통 세포 하나하나 물이 점령할 때마다
흐물흐물 지느러미 하나씩 돋아났다는 것
떠오를수록 죽음은 완고하다

하얗게 바랜 한 장의 꽃잎처럼
물은 가볍게 떠받혀주고
그는 여유롭게 태양 빛을 즐기고 있다

날숨 들숨 완전히 제압하고서야 비로소
수면 위로 가볍게 떠오른
죽음은 물보다 가볍다

노인과 시계

몇 해 전까지 시계수리점을 했던 노인이었다
지금도 습관처럼 고치고 만지며
시계와 하루를 보낸다
제법 큰 방, 벽마다 고쳐야 할 시계들이 가득
추를 늘어뜨리고 있다
정확하고 분명한 성격의 노인은
톱니바퀴의 회전을 이해하기 위해 별자리를 연
구하고
지구의 공전과 자전에 딱 맞춰야 직성이 풀린다
째깍 째깍, 몇 개의 시계는 초침의 방향까지 같
이 움직인다
아직 궤도에 진입하지 못한 수십 개 시계들
한 개를 맞춰 놓으면 처음 것이 궤도를 이탈하고
그 다음 것이 안 맞고 또 그 다음 것이,
톱니바퀴를 맞추고 부품을 갈고 닦고 기름 치고
팽팽히 태엽을 감아줘도 제각각인 시계들
뜻대로 되지 않는 시계를 만지다

천장 사각무늬를 올려다보며 한탄도 해본다
몇 십 개 시계를 똑같이 맞춰
다시 시계 수리점을 내보는 것이 노인의 희망이다

이승과 저승의 경계를 정확히 가늠하고 싶은지
오늘도 시계바늘을 만지작거리며 하루해를 넘긴다

고독한 잠

속삭임이 늦은 잠을 공중 분해시켰다
반짝 눈 뜬 고요는 다시 다리를 펴고
잠이 하품 속으로 흘러들어 눕지만 잠들지 못하는
맹목적인 불면

작은 불빛에도 미간을 찡그리는
눈꺼풀 속으로 기억의 눈동자를 이리저리 팽창
시키는
검은 구름 속 둥근 머리들
아직도 잠의 입구를 떠도는
희미한 하현달이 팔다리 꿈지럭거리다 새우등처
럼 구부리고
난 문을 꼭 닫고 두꺼운 커튼을 여민다
어둠과 함부로 뒹굴고 싶은,

사라지지 않는 빛이 닫힌 눈꺼풀 위에 얹힌다
지평선 아래로 좀처럼 내려가지 않는 눈알

지상의 눈 감은 영혼을 생각한다

오래전 어둠과 한 몸이 된
무덤을 파 내려가면 그 속에 잠이 있을까?
눈을 질끈 감고 손톱 밑에 피멍이 들도록 파 내
려간
어둠의 묘혈 속에
오래된 습관처럼 눕던
잠은 제 살을 뜯어 먹으며 야위어간다

푹 꺼진 눈을 들여다보고
까맣게 썩은 손으로 몸을 째깍째깍 눌러주는 밤
수도 없이 풀어지는
어둠의 긴 머리카락을 쥐어뜯으며 백년보다 더 긴
하루를 보낸다

울음

몇 년간 땅속에 몸을 접지시켜
구석구석 골수까지
매미는 울음을 충전했다

몸속을 가득 채운 울음 배터리

어둠을 빠져나오는 순간 울고
나무에 기어오르면서 울고
나무를 힘겹게 껴안으며 울고
날개를 퍼득이며 날아가다가 울고
방충망 안 투명한 눈빛을 들여다보며 울고
가만가만 사랑하는 이의 성을 만지면서 울고
입을 맞추며 제대로 나오지 않는 소리로도 울고
남이 우니까 부화뇌동 덩달아 운다

유효기간은 단 며칠뿐이어서 아낀 울음
어쩌다 혼자 남아

아직 소비되지 못한 울음을 가을까지 이어가는,
방전을 알리는 휴대전화처럼
끊어졌다 이어지고
이어졌다 다시 끊어지는

방전되는 육체의 울음은 푸석푸석하다

바람이 차고 태양은 아직 따갑다
나무 아래 가벼운 배터리가 굴러다닌다

헐렁한 죽음

단호한 몇 개의 알약을 물과 함께 삼킨다
생의 뼈대를 아프게 하는,
빨간 당의정은 하루 몇 시간 고통을 달래 줄 것
이다

몸을 숙주로 살아가는
내가 내미는 알약을 날름 받아먹으며 몸속에서
자기 영토를 넓혀가던 그것
여린 살들을 바람처럼 한껏 부풀리더니

고목처럼 앙상한 다리를 걸어 넘어뜨린다
피 흘리며 줄줄 새어 나오는 통증
모양도 채 갖추지 못한
몸 밖까지 영역을 넓히는 헐렁한 옷을 걸친 그것
얼굴의 반을 차지한 이마와 쭉 찢어진 입, 흙빛
피부
툭툭 불거지는 하루하루 푸른 실핏줄

지나간 날짜마다 시퍼런 멍이 동그랗게 그려진다

공존을 모색하듯 생의 곁에 숨죽이고 있다가
죽음은 벌떡 또 가는 길 막고 번득이는 칼을 휘
두른다
그러나 시간만 질질 끄는 생과 사의 생존 게임
움직이지 않는 눈 부릅뜰 때마다
감질나게 색깔 진한 알약이나 한 알씩 입에 넣어
주고
달래고 애무하면서
창문 비추는 두개 촛불 사그라질 때까지
두 개 나무판 부딪치는 소리 덜거덕덜거덕
어쩔 수 없이 같이 외출하면서 평생을 동행하는,
애증의 애인 같은

이장移葬

무덤을 파헤친다
단단한 땅속에서
흙으로 퇴적되어가던 주검
백년이상의 세월을 통과하면서도
흙이 되지 못한 뼈 몇 마디
언젠가 한 번쯤은
하늘이 열리는 꿈을 꾸었는지
외출을 서두른다
벌거벗은 자신이 부끄럽다 느꼈을까
푹 꺼진 두 눈
문이 열리는 순간 하늘을 향해 번쩍 치켜뜬다
한 번쯤 눈부신 세상에 발 딛고 서거나
멋지게 뒹굴어보고 싶은,
머리와 가슴과 팔과 다리…… 차례차례
무덤 밖으로 조심스럽게 서둘러 나온다
새로운 집을 향해
휘청거리는 다리를 떼어본다

몇 걸음 옮겨보는,
한 세기만의 화려한 외출은
너무나도 짧다

시한부

　페이지를 열고 육십일이 지나면
　정갈한 글자들이 흔적 없이 사라진다는

　두 달 후면 나는 이 세상에 없는 바람이다

　일 년 육분의 일이 사라지는 것처럼
　육십 번의 새벽을 잠식하는 육십 번의 밤
　붉은 색이 되는 칠팔월의 푸름과
　지우개처럼 두 번 지워지는 60억 몸의 세포들
　신용카드 영수증의 희미해진 기록을 펴고 가물
가물
　생의 알리바이를 의심해보는 시간

　벌건 대낮에 감쪽같이 태양이 사라져도
　달이 금성에 잠식당해도
　그때의 알리바이가 의심해도 아무렇지 않은 듯

아직 읽지 않은
어둔 들판 펼쳐지고
어쩌자고 뼈대만 남은 겨울은 계속 펼쳐지나

스티커 사진 속 희미한 웃음의 잔상처럼
모르는 사람이 나를 펼쳐놓은 후
남은 웃음 모두 사라지면 깔끔하게 폐기되는,

들판의 검은 글자들 꼼꼼히 밟고 간다
얼마나 많은 사연이 이곳에 당도하고
어디로 휘발되었을까?
신발이 지나간 수백만 기록 중 백만 검은 글자들은

완벽한 해체를 꿈꾼다

낯선 화면에 나타난 영화 속 뚱뚱한 여인은
몸이 조각조각 갈라지고 목소리가 해체되면서
남자가 된다
완벽한 해체가 위기를 모면할 수 있다고

그녀는 알코올 중독증 환자였다
차에 치이는 순간
기억된 프로그램이 정지된다
뇌리 속 화면에는 어떤 세계가 전개되고 있는지
산소 공급이 중단되자,
밝은 조명 속으로 잠깐 날카로움이 지나가고
장기는 부위별로 난치병 환자들에게 나누어진다
나머지 몸은
대지 속으로, 태양 속으로, 허공의 가벼움 속으
로 휘발된다
곳곳 편재되어 우주 성분을 이루는 생의 음표들
삶의 목소리가 느리게 해체된다

낯선 세계에 잠입한 그녀의 영혼
어둠 속에서 만나는 꿈의 상점 −모든 기억을 팝
니다−
해체된 엄청난 양의 기억은
바위에 짓눌린 어느 질경이 속에,
한쪽 다리 길게 뻗은 한 마리 학 속에,
혹은 어떤 사내의 육체 속에
미끄러지듯 스며들었을까? 그 표정 없는 얼굴로
어느 낯선 세상을 기웃거리고 있을까?

귀갓길

만취한 그의 늦은 귀갓길
30분 후 핸드폰을 울려달라는 전화

벨 소리로 깨워달라는
그가 전화를 받지 않는다
30분 선잠에 생을 기댄 채 놓쳐버린
1시간, 2시간, 3시간……
그는 내릴 곳을 훌쩍 지나쳐 어딘지 모를
목적지로 가고
버스는 과속으로 질주하리라

점점 더 멀어지는,
하루, 이틀…… 10년, 20년…… 100년, 200
년……
끊임없는 벨소리의 울림이 잠 속으로 축축하게
배어든다
잠 속에 곰팡이 피어오르고 스멀스멀 균들이 배

양된다
　정거장마다 문은 열렸다 닫히는데
　몇몇 사람이 타고 내릴 때마다
　잠깐 꿈결인 듯 눈을 떴다 감기도 한다
　이제 더 이상 내릴 정거장은 없다
　낯선 종착지까지 달려가야만 하는,
　그곳에서 충혈 된 눈을 굴리며 더듬어야 할 어둠

　잠을 깨워 달라던
　아득한 미래에 내뱉은 당부의 말,
　그는 잊은 걸까?

숨의 무게

10원 짜리 동전 다섯 개
초콜릿 바 한 개
벌새 한 마리……
죽는 순간 줄어드는 몸의 무게라는데

갑작스레 입과 코를 비닐호스가 덮치고
놀란 사람들이 벌건 눈으로 그를 쓰다듬고 간다
아무 일 없을 거야

세상에 대고 퍼부은 숱한 욕지거리
어떤 여자와 머리칼 잡고 싸운 것, 남의 남자와
잠자리를 꿈꾼 것
능력 밖의 영역을 탐한 것
해독이 안 되는 단어와 문장으로 사기 친 모든 것

수억의 숨이 몸속에 들어가 큰 숨을 끌고 나온다
평생 누워만 있을 거냐고

걸을 때 신나게 움직이는 뼈의 소리를 들어보라고

어떤 질문이나 애원도 차갑게 무시한 채

어디서도 감지하지 못하는
초밥 한 알, 작은 계란 반 개, 피스타치오 10개,
마른 장미 한 송이……

재는 재로, 먼지는 먼지로, 숨결은 숨결로

물방울에게 길을 묻다

엄마가 변기에 앉을 때마다
수돗물을 졸졸 틀어 놓으라는 의사의 말

엄마는 수시로 변기에 앉는다
지붕 위에서 끊임없이 낙숫물 떨어진다
종종종 떼 지어 내리는 비
물방울의 리듬을 타고
무덤 속 엄마 빗물 따라 흐른다
나는 침침한 골방에 배를 깔고 누워
추적추적 내리는 빗소리를 읽고
어느새 비 한 권의 마지막 마침표까지 읽는다

오목한 그릇에 조금씩 고이는 엄마는 물의 근원
미처 차오르기도 전에
줄 내려 수다스럽게 퍼 올리는 아이들
바가지로 무심하게 퍼가는 녀석들
종이컵 들고 눈치를 살피는 흰 옷의 여자까지

밭고랑 사이로 흐르는 땀 맨 손으로 훔쳐내고
때때로 역류하는 눈물 줄줄 쏟기도 하다가
온 힘을 다해 겨우 밑으로 흘려보내는,

졸졸졸……
변기 물에 몇 방울 우리들이 섞이고
마지막 한 방울의 소변까지 빼내기 위해 애쓰다가
온 몸이 하수구로 빠져나간,
엄마 죽어 깊은 땅 속에서도
퉁퉁 분 젖을 누군가에게 쭉쭉 빨리고 있다
물의 길을 따라 골골 엄마가 흐른다

건설하는 죽음

다녀 간지 불과 몇 일전인데
아버지 무덤 옆으로 몇 기의 封墳이 더 생겼다
죽은 자들의 집성촌
그들이 마을을 건설한다

옹기종기 모여 있어도 혼자인 죽음
죽음의 姓을 가진 한 아버지를 또 사냥해갔다

산 사람들 한 곳에서 일제히
찬송하게 하는
아버지들의 아버지보다 더 큰 아버지
하나의 거대한 아가리
그들 속에도 계보는 있어
영역을 확장하는
그들의 계단은 상단부터 푸르고 싱싱하다

우리 집 옆에 건설 중인 단층집은

벌써 육 개월이 지났다
그러나 사방에서 이사 오는 죽음의 집들은 뚝딱,
죽음은 얼마나 진보적인가?
배를 두둑하게 덮고
대리석으로 튼튼하게 울타리 치는 죽음의 마을
어서 오라고
옆자리에 빈 공터를 또 다진다

노인의 엘리베이터

6층에서 버튼을 누르면 7층까지 올라갔다가 내
려오는
엘리베이터
어느 땐 닫히다가 열리고 다시 닫히는

얼마 전 이승을 떠난 그 노인일까
706호가 우리 집이냐고 묻던,
숫자 7을 인식 못해 손닿는 대로 버튼을 눌러
열리는 문을 들락거리던,
더 살아서 뭣해 숟가락질 하듯 중얼거리던,

노인은 7층을 떠나지 못하고 머뭇거린다
오르내리는 연습을 하며
7층에서 습관적으로 멈춘다
두 겹 문밖 엉거주춤 서 있는 노인의 기척을
예민하게 감지하는 엘리베이터
미끄럼 타듯 자유자재로 버튼을 눌러댄다

노인에게 길들여진 엘리베이터가
노인을 태우고 빠른 속도로 위를 향해 올라간다
아찔한 높이까지 올라갔다 내려오는지
윙윙 소리 요란하고
자주 덜거덕거리는 그 노인의 안부를 묻는다

플래틀리너스*

　　푸른 모니터 위,
　　파동이 멈춘 망망대해의 잔잔한 수평선

　　죽음은 직선이다

　　욕망의 회로를 그리는 동안
　　몸 속 무수한 세포들은 나선의 내부공간을 확장
한다
　　삶의 두꺼운 벽을 뚫기 위해
　　나사못처럼
　　덩굴장미는 자작나무를 휘감아 상승하고
　　자작나무는 자신을 축으로 해와 달을 향해 회전
한다
　　망망한 바다는 달을 당겼다가 밀었다가
　　끊임없이 조수로 소용돌이친다
　　붉은 혈액은 나선섬유의 튼튼한 튜브 속을
　　쉼 없이 출렁거린다

생명을 유지하기 위해
일정한 리듬의 펌프질을 쉬지 않는다
살아있는 것들이 이루는 나선의 출렁거림
간신히 붙잡고 있는 한 가닥 숨소리를 위해서
주위는 리듬을 맞추고 바쁘게 움직이고
노래를 불러주는 것,

터질 듯 충만한 곡선을 잃은,
자작나무를 놓치고 상승의 꿈을 잃은 덩굴장미
처럼
물거품의 리듬을 들을 수 없는 바다처럼
그저 잔잔한 수평선이 화면위에 끝도 없이 떠오
른다
삶의 풍경 저 너머로 아득히

* 플래틀리너스- 모니터에서 그래프가 수평이 된 상태로, 심장
의 정지로 인해 죽은 사람을 가리키는 말.

노인의 귀가

80세를 넘긴 노파는
항상 아파트 계단을 서성대며
자기의 집이 어디냐고 혹은, 706호가 노파의
집이냐고 묻는다
골마리춤엔 맞지도 않는 열쇠를 늘어뜨리고 다
니며
이 집 저 집 대문에 열쇠를 넣어 돌려보고
앞집 초인종을 눌러
여기가 혹시 내 집이냐고
이 한 몸 눕힐 내 집 아니냐고 묻고 또 묻던,

그 노파가 며칠 전 이승을 떠났다
706호는 이미 다른 사람이 들어와 안주하고
선뜻 문을 열고 들어서지 못한다
그토록 찾아 헤맨 끝에 이제야 안식처를
찾은 것일까
억센 파도에 휩쓸려도 꼭 다문 조개 같은

몸이 꼭 들어맞는 자궁
두 다리 쭉 뻗어 아늑한,
저승의 열쇠로 대문을 따고 비로소 안도하며
기쁘게, 즐겁게 그 현관을 들어섰을까
어쩌면 그곳에서도
706호가 어디냐고, 내 집이 여기 아니냐고
묻고 또 확인하고 있을지 모를 일이다

나의 첫 번째 장례식

이다음 내가 죽고 나면 영혼이 빠져나간 나의 집에는 널브러진 책들이 수북 쌓인 가을낙엽처럼 뭇 발길에 채이겠다. 벗어놓은 신발과 옷가지들, 책상 위에 덩그러니 쓰다 놓은 필기구들과 노트북 위로 여느 때와 다름없이 가을햇살은 비스듬히 스며들겠다. 병풍 뒤의 주검을 의식하며 공손하고 예의바른 식탁 앞에서 사람들은 어떤 대화를 나눌까? 살아서는 절대 볼 수 없는 나의 장례식이겠지만 남겨진 사람들의 후일담이 궁금해지기도 하는 가을이다. 가끔 눈을 부라리다 돌아서 친밀함을 강조하는 울타리 안 쪽 사람들은 과연 나를 버려진 손톱만큼만이라도 사랑했었을까? 그러나 난 울타리 밖의 시선에 더 관심이 간다. 내가 써온 작품들이 바로 내 삶의 흔적이고 그나마 그 작품들이 수많은 나의 대표자로 남을 테니까. 영화『나의 첫 번째 장례식』을 보면서 삶의 의미를 찾을 수 있을지 내내 생각한다.

'인간은 태어나자마자 죽기에 충분히 늙어있다.' 어느 철학자의 말에 동의하며 작정하고 아주 독하게 나를 고발하는 글을 쓴다.

어제까지의 질서정연한 풍경은 사라진다. 아침에 눈 뜨면 다른 행성으로 불시착할 것 같은 몸의 무질서, 감당하기 힘든 혼란 상태로 침대에서 하루 종일 비몽사몽이다. 어제의 무리한 일정이 남긴 피로는 죽기 직전까지 가는 거의 살인적 무거움이다. 무리한 일정이 아닌 먹는 일만으로도 몸이 권태롭다. 매일 아침 나를 멜랑콜리 한 권태에 빠지게 하고 미지의 낯선 강물 속으로 뛰어들게 한다. 날 둘러싼 공허가 두꺼울수록 나의 꿈은 더디 흐르고 나의 삶은 무의미 쪽으로 한발 가까워진다.

산다는 건 육체 속의 늙음을 천천히 꺼내는 일,

천천히 무너지는 일이다. 그것은 삶의 속도와 같아 평범한 일상에서 감지하기란 쉽지 않을 것이다. 그러나 멈추는 일 없는 육체의 피로는 통증을 유발하고 늙음 끝 쪽으로 속도를 내고 있다는 것을 느낀다. 호시탐탐 나를 엿보는 죽음이 결코 멀지 않은데 있음을 의식한다. 또 가끔씩 죽음의 이목구비가 만져질 때면 덕지덕지 붙은 까만 눈곱이 떨어지고 침대위에선 내 안에 웅크린 서늘한 타자를 만난다. 겉으론 너무 말짱하므로 심한 엄살이나 허풍쯤으로 생각할지 모르겠다. 먹고 마시고 웃고 떠든 모든 일상이 몸을 괴롭히는 피로가 되고 잠든 사이 나쁜 피에 얹혀 몸 곳곳 피로물질을 전달한다. 그로 인해 육체가 느끼는 진공상태가 나의 처치 곤란한 질병이다. 죽음이라기보다 죽음에 가까운 권태다. 아니 사는 이유를 찾을 수 없는 우울이 더 적절한 표현일 것 같기도 하다.

두려울까? 두렵지 않을까? 삶의 방식을 고민하다보면 머릿속을 빙빙 도는 좁은 방의 통증들. 사물들은 일그러지고 방안 사방 벽은 바깥쪽으로 밀려나 터질 듯 팽팽하다. 침대 구석에 몸을 말고 빛과 향기를 잃은 시든 식물처럼 나는 축 늘어진다.
텅 빈 집안에서 잠에 취해 눈을 떴다가 희미해지
다 금방 증발할 것 같은 생에 어느 때보다 집중하
고 집착한다. 비로써 삶의 진실과 마주한다.

　빛을 잃고 향기도 잃고 고유한 메아리를 잃는다
면 난 한낱 꿈틀거리는 벌레에 지나지 않을 것이
다.

　하루 종일 침대에서 비몽사몽 할 때가 자주 있
다. 얕은 잠은 속삭이는 목소리들과 수많은 추억
들, 비밀스러운 몽상들로 뒤죽박죽 서랍이 된다.
서랍을 열면 어둠의 심연에 갇힌 보석들이 반짝거
린다. 미완의 이미지일지라도 붉은 열매를 매달고
아침을 기다리는 자두나무처럼 향기와 색을 가진
이야기들로 가득한 나의 서랍은 아침 햇살을 받은
사물들처럼 풍요롭다.
　그러고 보면 내 시의 단서는 몸의 피로와 통증으
로부터 비롯되는 죽음이다. 그로 인한 잠과 그로
인한 어둠과 그로 인해 발현되는 권태와 멜랑콜리
다. 그동안 몸을 핑계로 너무 게으름을 피운 건가?
다른 것에 시선을 둘 여유가 없었던 걸까? 삶의 무

의미함으로 우울에 빠져있었지만 그것은 결코 무의미한 시간들은 아니었다는 것을 알겠다.

글을 쓰는 사람과 글을 쓰지 않는 사람. 할 수 있는 것이 아무것도 없는 나의 선택은 분명 둘 중 하나였을 것이다. 사실 글을 쓰지 않았다면 무의미하고 하찮은 월요일을 무엇으로 채우며 권태를 견뎌낼까? 식후 배 터지게 부른 낮잠을 자고 아무것도 하지 않은 금요일의 허무를 어떻게 통과할까? 상처이거나 결핍이거나 글 쓰는 분명한 이유를 상실한 채 맞지 않는 옷을 걸치고 끊임없이 무언가에 부대끼면서 어색함을 견디고 있을 것이다. 실용에 의한 쓸모로 환원된 개미인 것처럼.

글을 읽고 쓰고 또 읽고…… 책들은 나의 도피처이고 나의 무덤이고 내가 잉태된 곳으로 돌아가는 나의 자궁이다. 그러므로 나에게 글을 쓴다는 것은 분명 나를 성찰하는 일이고 죽음을 어루만지는 일이다.

한 알의 독한 약이 몸속에 퍼지면 물 먹은 식물처럼 다시 새로운 나를 호흡한다. 한결 가벼워진 육체로 그럭저럭 또 살아진다. 아무렇지 않게 일상의 골목이 펼쳐진다. 절망을 얘기하다가 희망을 말하고 금방 표정을 바꾸는 희망과 절망을 반복하면서 연민이란 이름의 돋보기를 들이댄다. 나에 대해 슬픔에 대해 죽음에 대해.

　내 삶의 큰 줄기는 대략 그렇게 흘러갔던 것이다.

　요란한 청소기 끌고 집안을 휘젓는 일, 강아지의 위로만으로 허전함을 달래는 일, 베란다의 하품하는 다육들에게 물 한 종지 부어주는 일, 가족들 생일에 꽃을 사고 케이크를 준비하고 매월 말일 청구서를 챙겨 은행을 다녀오는 일, 아침 식탁에 밥 한 숟가락과 김치만 달랑 차려놓고 마주한 침묵에게 오늘 저녁엔 무얼 먹을까 무얼 입고 외출할까? 중얼거리는 일…… 시는 악마처럼 이런 디테일에 숨어있다. 내가 다니는 길목에, 내가 응시하는 사물 속에, 내가 숨 쉬는 공기 속에서 불쑥 튀어 나오는 시들…… 오직 시만 생각하고 살다보면 내 삶의 마지막도 상쾌한 저녁으로 저물어올까?

　● 이 시집의 시들이 쓰여 지던 때의 상태를 적

은 산문이다. 아무렇지 않은 척 사람들을 만나고 즐거운 척 웃고 떠들었던 그때는 정말 암울했던 시기였지만 절대 내색하기 싫은 하루하루였었다. 지금은 거의 건강하게 잘 살고 있다.

시와반시 기획시인선 016
무중력에서 할 수 있는 일들

2020년 8월 1일 초판 1쇄

지은이 | 성향숙
펴낸이 | 강현국
펴낸곳 | 도서출판 시와반시

등록 | 2011년 10월 21일 (제25100-2011-000034호)
주소 | 대구광역시 수성구 지산로 14길 83, 101-2408호
대표전화 | 053)654-0027
팩스 | 053)622-0377
E-mail | khguk92@hanmail.net

ISBN 978-89-8345-090-6 03800

*이 도서는 한국출판문화산업진흥원의
 '2020년 우수출판콘텐츠 제작지원' 사업 선정작입니다.

이 도서의 국립중앙도서관 출판예정도서목록(CIP)은 서지정보유통지원시스템
홈페이지(http://seoji.nl.go.kr)와 국가자료종합목록 구축시스템(http://kolis-net.nl.go.kr)에서 이용하실 수 있습니다. (CIP제어번호 : CIP2020024631)